AF 114117

C'EST ALORS QUE JE LEUR AI DIT

Gabriel DINU

Traduit du roumain par **Gabrielle DANOUX**
Traduction revue par **Thibaut VOISIN**

« Heureux ceux qui pleurent la mort, encore et encore. »
(L'Auteur)

100 +1 Évangiles lyriques

© 2022 Gabriel DINU
Édition : BoD – Books on Demand,
info@bod.fr
Impression : BoD – Books on Demand,
In de Tarpen 42, Norderstedt
(Allemagne)
Impression à la demande
ISBN : 978-2-3224-3232-5
Dépôt légal : Septembre 2022

Un couple de colombes en guise d'offrande pour le Printemps d'Alors

Le soupir lyrique d'un poète équivaut au retour du fils prodigue. Les caroubes que les esclaves du pharaon égyptien possédaient en abondance n'étaient et ne sont pas pour lui. Les *évangiles lyriques* du nouvel ouvrage de Gabriel Dinu, *C'est alors que je leur ai dit*, relèvent de ce destin du retour par l'adaptation de la parabole du Nouveau Testament dans un livre de versets/vers du XXIe siècle. Ses poèmes apparaissent comme une larme sur chaque page.

C'est alors que, au début de tous les poèmes et du titre du recueil, est un renvoi dans le passé, dans un temps venu de là-bas, du *Pays-qui-n'existe-plus*, dans un temps mis à jour jusqu'à l'état chronique de vécu dans le présent comme déluge dans le futur.

Je mets l'accent sur cet état du *c'est alors que*, avec un placement temporel dans le futur, à travers l'aveu même du poète, qui vit déjà dans la « *posthumité* ».

Le premier *évangile lyrique*, car c'est ainsi que Gabriel Dinu nomme tous les poèmes de ce recueil, *Celui des lecteurs entourés de fumée*, débute avec des vers emblématiques, comme une synthèse de la mort et de la résurrection :

Alors Il a dit :
– C'est ici qu'ont brûlé vos livres,
lus, non lus et rêvés !

Peut-être que celui-ci est bien un des livres *lus*. J'ignore s'il sera brûlé *alors*, dans un futur éloigné, ou bien aujourd'hui. L'Inquisition culturelle est à l'instar de celle religieuse.

Le livre de Gabriel Dinu est un évangéliaire personnel, dont les poèmes sont comme des plaies qu'on voit jour et nuit, lundi, mardi, mercredi… saison après saison, dans un perpétuel passage. Les plaies s'ouvrent entre elles et l'œuvre de l'ange gardien, lui-même étant un ange des poèmes et des épîtres, est de les montrer et de se montrer soi-même, de paraître à l'endroit blessé :

Telle une plaie ouverte,
l'ange se déplace
de l'épaule gauche
sur l'épaule droite.
Il se tait et pleure.

Le monde de Gabriel Dinu est le monde d'ici, avec des personnages passagers, tout comme était Ponce Pilate à son époque, avec des personnages politiques, des personnages administratifs, des confrères, des personnages culturels et sociaux sous des ciels multicolores. Le tout est mixé dans un alliage contemporain.

De surcroît, cet alliage, bien dosé, comprend également des effets personnels : l'alliance, la fenêtre, le masque, le miroir, le café, quelques grammes de vodka, le chien, et beaucoup d'autres encore qui appartiennent à un kit nécessaire, minimaliste, autrement dit de survie.

Le lyrisme de la vie n'est cependant pas celui de la poésie. Le combat à la vie et à la mort avec l'ange gardien ne s'achève pas à l'aube. Des *flashes* de ce combat sont visibles dans divers dialogues courts : entre un ange envoyé en guise de messager de l'amour par la femme qui *minaude* en oubliant l'adresse du destinataire, entre l'auteur en tant que *moi* lyrique et la foule, entre celui qui ouvre et ferme le livre.

Notre cuisine de tous les jours est l'endroit habituel pour vivre jour après jour, l'aventure quotidienne qui suit :

> *Nous trempons la vie dans la mort*
> *et la mort dans la vie*
> *comme le pain*
> *dans une sauce fumante.*

Si la vie est quotidienne, la mort l'est également. L'alliage entre elles, l'alliage de cet état spécifique peut être constitué de parts égales ou bien de proportions différentes qui peuvent changer tour à tour leur centre de gravité et *le rêve qui passe* deviendra, à la fin du poème sur le rêve et la mort, *la mort qui passe* elle-même. L'épigraphe du livre de Gabriel Dinu se réfère à la même chose. Il s'agit d'une forme d'exorcisme. La peur du lièvre est annihilée par son désir et son pouvoir de courir libre dans les champs. Et il le fait.

L'homme gris dont parle l'un de ces *évangiles lyriques* est comme *le jour précédent* qui est déjà devenu *jour présent*. Le désaveu de l'homme ancien est un préparatif pour la résurrection, pour le Printemps d'Alors. On ne peut pas ressusciter sans mourir. La résurrection passe par la mort sur la croix.

Il existe, à la périphérie de la ville de Bucarest, un quartier bien connu. Quand j'étais enfant, on l'appelait *le Chien*, nom sous lequel il est encore connu aujourd'hui. Son nom lui venait du *chien de la terre*, car il se trouvait, au loin, à l'extérieur de la ville, comme si cet endroit se situait en dehors de la terre.

Le mythe roumain du *chien de la terre* est un mythe souterrain, celui-ci vivant sous terre. À la lecture du livre de Gabriel Dinu, *C'est alors que je leur ai dit*, la tentation fut grande de procéder à une analogie avec le mythe de l'*Agnelle*, en matière d'idée tout du moins.

Si les gens se renouvellent, ressuscitent, les mythes eux aussi peuvent, dans notre cas, être compris d'une manière nouvelle. Si l'agnelle oraculaire de la balade populaire informe son maître concernant sa fin toute proche, le *chien de la terre*, que le poète promène, lui annonce également que la mort arrive à grands pas :

> *Alors le chien a aboyé*
> *trois fois*
> *et tu as compris :*
> *d'une certaine façon, à un certain*
moment,
>   *ils te vendront.*

Empruntant le ton des vieux évangiles, les poèmes de Gabriel Dinu sont des miniatures apocryphes, avec des détails à peine esquissés, où les dialogues débutent simplement : *C'est alors qu'Il a dit.*

Tel un écho, telle une réverbération murmurée de ce qui s'est dit, le poème suivant commence tout aussi simplement : *C'est alors que je leur ai dit*. La poésie comme marche sur les eaux tient lieu de cheminement à travers la vie et en s'y substituant revêt tous ses attributs. Elle est un état réel ou bien un état de rêverie. Les deux se nourrissent d'ailes d'ange.

Rompre l'ange de la mort en douze parts égales signifie tout d'abord écrire un tel livre. Après une *terrible sécheresse,* qui signifie aussi l'incapacité de marcher sur les eaux, après avoir oublié que cela avait été possible *parfois, souvent*, après le passage du seuil le plus éloigné de l'acceptation, comme seuil de suprême compréhension, arrive la plus simple des solutions :

    – Lève-toi, prends ton rêve et marche !
    C'est tout ce qu'Il a encore eu le temps
    de me dire.

    La vieille parabole du malade emmené sur un brancard par quatre amis devant Jésus Christ pour y être guéri est la source d'inspiration des vers ci-dessus.

    Ce lit-là, pliant, peut être un brancard en toile de tente, ou bien en branches fraîches de dattier, prélevées ce printemps même, c'est le rêve présent, le brancard sur lequel le souffrant est transporté.

    Plié dans un livre, le rêve de Gabriel Dinu l'accompagne dans le monde. Le retour du fils prodigue a commencé. C'est le temps des offrandes : un couple de colombes s'est envolé vers le Printemps d'Alors.

Clelia IFRIM

Iᴱᴿ ÉVANGILE
(Celui des lecteurs entourés de fumée)

Alors Il a dit :
– C'est ici qu'ont brûlé vos livres,
lus, non lus et rêvés !
C'est ici que sont mortes
toutes vos pensées,
ensuite elles ont ressuscité.
Puis, sont apparus
les lecteurs entourés de fumée
et ils ont prédit :
– Alléluia ! Alléluia !

IIE ÉVANGILE
(Celui de la vie mise en scène)

Alors je leur ai dit :
– J'aurais pu mettre en scène ma vie !
Mais chaque instant mourait
dans le suivant,
chaque minute mourait
dans la suivante,
chaque heure mourait
dans la suivante,
chaque saison mourait
dans la suivante.
Il y bien des années,
j'avais 9 ans
un vendredi soir
à 21 h 25
une nouvelle m'a terrassé,
mon grand-père prêtre
venait de mourir à l'hôpital
sans confession, sans communion
et sans un cierge allumé,
après avoir appelé sa femme,
tous ses enfants et nous,
tous ses petits-enfants.
Alors j'aurais pu
mettre en scène ma vie,
j'aurais pu m'enfuir,
mais j'ai pleuré.
C'est tout.

IIIE ÉVANGILE
(Celui du passage)

Ne sois pas triste, m'a-t-Il dit
ce jour quand j'appris
encore un autre départ.
Il y a différentes sortes de morts
tout comme il y a différentes sortes d'humains.
Certains humains sont trop petits
pour une si grande mort,
tout comme il y a d'autres humains
trop grands pour une mort
si petite.
Dis-toi bien, a-t-Il ajouté,
(tandis que je fumais une cigarette
à la mémoire du défunt),
qu'il en va de même pour les morts,
inégales comme vous,
les humains.

IVE ÉVANGILE

(Celui des larmes)

Alors Il a dit :
– Ainsi tu es.
Tout simplement.
Un beau jour tu es venu,
un autre jour tu es parti,
un beau jour elle est venue
un autre jour elle est partie,
Ainsi tu es,
Tout simplement
Une larme dégringolant
Parmi d'autres larmes.

Vᴱ ÉVANGILE

(Celui du froid)

C'est alors que je lui ai dit :
– Soudain
il fait froid.
Dans ma mort,
dans ta vie,
dans ta mort,
dans ma vie.
Telle une toile d'araignée,
seul le rêve de Dieu
peut encore nous sauver.

VI^E ÉVANGILE

(Celui de l'eau)

C'est alors que je leur ai dit :
– Nous nous sommes abreuvés en eau
dans toutes les villes de la patrie !
Nous avons bu l'eau la plus pure,
l'eau la plus impure,
l'eau la plus saumâtre
et l'eau avec le meilleur goût.
Parfois l'eau était si goûteuse
que nos yeux brillaient
comme après le plus formidable des cognacs,
ou comme après la plus terrible des vodkas.
Jadis on marchait tous
sous les tables dans les églises
pendant le Vendredi saint,
jour de la Passion de notre Sauveur
Jésus Christ !
Mais jamais la foule
n'a marché sous
aucune table
des grands de l'époque.
Qu'ils soient maires,
Présidents des Conseils Départementaux
Directeurs, Inspecteurs
ou d'autres comme eux.
Et jamais nous n'y passerons,
AMEN !

VIIE ÉVANGILE

(Celui de la quiétude)

C'est alors que je leur ai dit :
– Il ne se cache pas dans la quiétude,
Il est la quiétude même !
C'est à lui qu'ils apportent en offrande
des colombes sauvages
pour la blanquette rêvée.
Et ils lui apportent ensuite
la plus goûteuse des pizzas
et les plus moelleuses crêpes.
C'est pour cela que songeant à Lui,
dans leur rêve,
n'advient
jamais la nuit.

VIIIE ÉVANGILE

(Celui du malaxeur)

C'est alors que je leur ai dit :
– De temps à autre
arrive lui, le malaxeur à quiétude
et nous dit :
– Ne vous informez que de sources officielles
et tout ira bien !
C'est le même malaxeur
qui jadis
applaudissait, saluait
et embrassait
des messieurs
habillés en costumes
de mineurs, qui avaient ramené la quiétude.
Une fois qu'en bons écologistes,
ils eurent planté aussi des fleurs
dans les endroits
qu'ils avaient rendus au silence,
advint un plus grand encore
silence.

IXE ÉVANGILE

(Celui de l'arbre d'hiver)

C'est alors qu'Il m'a dit :
– La littérature officielle
est l'arbre d'hiver, printemps,
été et automne
auquel adossent leur canne, haut-de-forme,
pots-de-vin et flatulences,
eux, les grands démocrates
de la littérature officielle !
Puis, Il a continué :
– La littérature officielle est la cousine,
la nièce et la belle-mère
de l'autre littérature officielle,
la *prolekoult*.
C'est pourquoi m'a-t-Il dit à la fin :
– Tu peux être certain
qu'eux, les grands démocrates
de la littérature officielle,
vont se coucher tous les soirs
en fredonnant avec félicité l'Internationale Socialiste
et en récitant pour eux-mêmes
le poème *Lazăr de la Rusca* !

X^E ÉVANGILE

(Celui du logis)

C'est alors qu'Il m'a dit :
– Vous tous habitez devant
l'arrière de l'église,
l'arrière de la mairie,
l'arrière du gouvernement,
l'arrière de la Maison du Peuple
et l'arrière d'autres
maisons de la sorte.
Dieu n'œuvre pas pour vous
par l'intermédiaire des gens qui vivent
dans ces belles
et coquettes maisons !
Et cela parce que,
par une étrange coïncidence,
presque toutes vos journées
correspondent au septième jour,
quand Lui, Dieu,
se repose.
Et c'est alors que ces gens
de ces belles
et coquettes maisons
vous connaissent
et vous reconnaissent !

XIE ÉVANGILE

(Celui de certains états)

C'est alors qu'Il a dit :
– Tu écris, le passé pleure,
l'avenir sourit !
Le présent s'écoule
avec ses propres bruits
ou bien en silence.
La mort ?
Pour l'instant une redoute
qui ne veut pas être conquise.

XIIE ÉVANGILE

(Celui de la flottaison)

C'est alors qu'Il a dit :
– Sur terre comme au ciel,
tu trébuches sur l'automne,
l'hiver, le printemps ou l'été,
mais tu ne tombes pas,
tu flottes seulement, tu flottes, tu flottes…
seulement.
Près de ton oreille,
de ton âme,
quelqu'un te murmure :
– Au prochain signal sonore, il sera telle heure.

XIIIE ÉVANGILE

(Celui du ministère qui est)

C'est alors qu'Il m'a dit :
– Savoure ton café,
fume ta cigarette et écris.
Ne prends pas en dérision le nom du ministre !
Quand il a eu mal à son jenu
il en a vraiment souffert
tout comme tu as souffert pour les notes : 1, 2, 3
attribuées à d'autres qui eux
s'en sont réjouis.
Une autre fois, le ministre, quand il a coupé le rouleban
il l'a vraiment coupé,
avec une paire de ciseaux et ses propres mots.
Ne prends pas en dérision le nom du directeur
qui n'a pas réussi le concours !
Tu ignores, mon fils, après l'évaluation,
avec quelle dévotion
il a pratiqué du sexe oral avec qui il fallait.
Et comment il fallait !
Ne prends pas en dérision le nom de l'inspecteur !
Le fromage reçu en cadeau pour Pâques
était salé et les agneaux beaucoup trop maigres !
Ne prends pas en dérision le nom de l'inspecteur général !

Les liens familiaux avec ceux
qui signent, contresignent
les nominations sans concours
ne sont pas un pêché, mais une nécessité !
Mais surtout, m'a-t-Il dit
avant de s'en aller
et avant que je n'allume une autre cigarette :
– N'en prends aucun de ceux-là en dérision,
ils sont tous pauvres d'esprit.

XIVE ÉVANGILE

(Celui du poète)

C'est alors qu'Il leur a dit :
– N'emmenez pas avec vous dans le désert
le nom du poète !
Ni de celui qui crie,
ni de celui qui se tait.
Vous ignorez l'ombre avec laquelle
il se promène
sur les routes plus anciennes
plus récentes,
d'entre la vie
et la mort,
d'entre la mort
et la vie.
Amen !

XVE ÉVANGILE

(Celui de la langue japonaise)

C'est alors que je lui ai dit :
– Aime-moi au moins en japonais !
Ils vont croire que tu regardes
une vidéo sur *YouTube*
tandis que le feu vert
est au rouge !
Ensuite j'ai poursuivi :
– Aime-moi en japonais
pendant que tu observes ton alliance !
Ils vont croire que tu en es fière,
mais toi, tu songeras
à la jeter par la fenêtre
et puis à accélérer
car entre temps le sémaphore
est passé au vert.
C'est pour cela que je conjure le juge des faillites personnelles
et le Médiateur de la République
de faire ce qu'il faut
tandis que le Ministre des Transports est supplié
d'inaugurer encore une fois
l'autoroute de nos âmes
de sorte que tu
dises à nouveau
ce mot : *aishiteru* !

XVIᴱ ÉVANGILE

(Celui des gens gris)

C'est alors qu'Il a dit :
– Un jour, une nuit,
une saison,
un instant, un murmure,
et voilà venus des gens gris
pour vous promettre
de vous sauver
– Ne les croyez surtout pas !

XVIIE ÉVANGILE

(Celui du maître)

à Aurelian Titu Dumitrescu

C'est alors que je lui ai dit :
– Un beau matin, je t'ai écrit
sur un réseau social
et ils ont tous lu,
même si certains
n'étaient pas dans la même commune !
Tu m'as répondu vers midi
et tu as dit que j'avais un grand courage
et que je me dépêchais.
En effet,
dans un monde de masques
c'est très courageux d'être soi-même.
Et comment ne pas se dépêcher ?
Quand le maître apparaît dans ton rêve
et te dit que tu resteras encore ici,
trois ou peut-être quatre ans,
car Nichita Stănescu t'attend
et il s'ennuie et il a soif.

XVIIIE ÉVANGILE

(Celui du 16 janvier)

C'est alors qu'Il a dit :
– Ça suffit à présent !
Vous avez trop aimé le poète
comme si s'était une belle femme.
Vous vous êtes assez tourmentés,
presque 24 heures,
il manquait de peu pour que
vous déprimiez
tous.
Ça suffit à présent !
Jetez ses livres
dans les bibliothèques,
effacez l'historique
des recherches sur *Google*,
dans lesquelles figurent lui,
Veronica Micle,
Titu Maiorescu, Ioan Slavici,
I.L.Caragiale, Ion Creangă,
Luceafărul, Cătălin et Cătălina.
Ça suffit à présent !
Lavez-vous les mains
comme vous savez qui.
Au revoir !
Bonne nuit !

XIXᴱ ÉVANGILE

(Celui de la machine à tondre les œufs)

C'est alors que je leur ai dit :
– Nous sommes tous ici.
D'une certaine manière.
Dans la Roumanie de la chose bien faite
Dans la Roumanie de la chose bien silencieuse
Dans la Roumanie de la chose bien stagnante.
Dans tous les nids-de-poule
et les rigoles de la patrie,
la félicité malheureuse
gît vaincue.
Ici,
dans la Roumanie de la chose bien faite,
bien silencieuse,
bien stagnante,
seule elle,
la machine à tondre les œufs
est en panne.

XXᴱ ÉVANGILE

(Celui du rire et des pleurs)

C'est alors que je leur ai dit :
– Souvent nous rions
ou pleurons,
en direct
ou en *replay*.
Pour Pâques, pour Noël,
pour les anniversaires,
pour les fêtes.
Pour Nouvel An,
ancien calendrier,
et pour la précédente année,
nouveau calendrier.
Mais surtout nous sommes pétrifiés
à chaque fois
que Dieu
se confesse
au Diable.

XXIE ÉVANGILE

(Celui des morts vivants)

C'est alors qu'Il a dit :
– Jadis vous étiez tous morts !
En fait vous mourez
petit à petit
à chaque instant.
C'est pourquoi certains jours, beaucoup de jours,
tels des morts vivants
vous observez votre sourire dans le miroir.
Dans le miroir de la salle de bain,
dans le rétroviseur de votre voiture,
avant de démarrer,
et dans le miroir
de la cabine d'essayage,
du géant centre commercial.

XXIIE ÉVANGILE

(Celui du maire)

Toute ressemblance avec quelque maire
est purement aléatoire et réelle.
(L'Auteur)

C'est alors que je leur ai dit :
– Pour vous le bonheur
revêt la forme d'un poulailler.
C'est là-bas que votre maire
transforme des œufs en
poussins
et les multiplie
encore et encore.
Ensuite il vous appelle pour que vous alliez
les lui acheter.
Et vous y allez,
car les poussins sont
petits et mignons
et le maire, maire.
Mais une fois achetés,
quand vous lui réclamez la facture,
le bon de livraison, quelque chose…
pour la déduction fiscale,
il perd patience
et vous reproche
d'être du parti d'opposition,
et que c'est pour ça que le pays manque d'autoroutes,
d'écoles et d'hôpitaux !

C'est pour cela que ce n'est pas vous
qui êtes les plus heureux,
mais ceux qui, quand ils le voient, le saluent
avec cette double pensée :
– Mes hommages monsieur le maire !
Et
– Que le diable t'emporte sale *sécuriste* !

XXIIIE ÉVANGILE

(Celui des maîtres)

C'est alors que je leur ai dit :
– Nous tournons en rond,
nous n'avons jamais
été élus
par le bonheur.
Ne sachant pas comment donner
et suivre des cours particuliers,
nous avons eu la poisse !
C'est pour cela que nous n'avons
ni quatre
ni six maisons.
Nous ne sommes que
les maîtres du silence, certains,
les maîtres de la trahison, d'autres.

XXIVE ÉVANGILE

(Celui de John)

C'est alors qu'il nous a dit :
– J'ai un chien,
il s'appelle John.
Il ne boit pas du whisky,
il ne fume pas,
le matin, au réveil
il ne vérifie pas ses notifications
et ses messages sur les réseaux sociaux.
Il ne lance pas non plus la cafetière
pour son café du matin.
Il ne déclare pas à tort être rom
pour avoir une place réservée
dans une institution scolaire.
Il ne déclare pas être athée
et ne vote pas non plus.
Il ne soutient pas l'État parallèle
et ni ceux qui nient
l'existence de cet État.
Puis il a terminé en disant :
– J'ai un chien, il s'appelle John.
À la différence de nous tous,
quand il voit des humains, il s'en réjouit sincèrement.

XXVE ÉVANGILE

(Celui de fées nommées *iele*)

C'est alors que j'ai dit :
– Tu ne connaîtras jamais
toutes tes *iele* !
Toutes ces *iele*
qui dansent sous la pluie,
le gel, la neige douce
ou le soleil, songeant à toi.
Quelque part,
une certaine *elle* balaye des feuilles
et fredonne doucement une chanson,
sautillant d'un pied sur l'autre.
Mais elle ne balaie pas des feuilles,
en balayant des feuilles.
Elle ne fait que rendre plus douce la voie
qui te conduit à son cœur.

XXVIE ÉVANGILE

(Celui des civils)

C'est alors que je leur ai dit :
– Ils étaient des civils,
mais sous la doublure
de leurs habits ils avaient cousu des épaulettes.
C'étaient des épaulettes de toutes les époques
et de tous les régimes politiques.
Les épaulettes de leurs grands-parents,
les épaulettes de leurs parents
et leurs propres épaulettes.
Ils étaient des civils
et souvent évoquaient
la patrie, le pays et le peuple.
Ensuite ils introduisaient leur carte bancaire
dans le GAB d'une banque quelconque.
Pendant ce temps, nous les autres,
nous gardions le silence le plus absolu.

XXVIIE ÉVANGILE

(Celui du paradis ou de l'enfer)

C'est alors qu'Il a dit :
– Un jour tu arriveras en bon état
au paradis ou en enfer !
Ce sera un lieu familier
où tu es déjà allé
d'une certaine façon, à une certaine époque.

XXVIIIE ÉVANGILE

(Celui de l'automne)

C'est alors que je lui ai dit :
– On était en automne !
C'était l'heure exacte.
Tu marchais à pas de loup,
comme une fantomatique apparition,
à travers mon âme,
à travers mon cœur.
Souvent sur terre
ou dans mon esprit
je t'appelais Micle.
D'autres fois Cléopâtre.
Je l'ignore,
tu l'ignores
quand et comment
tu parviendras
à tuer ma mort.

XXIXE ÉVANGILE

(Celui des plaies)

C'est alors qu'Il a dit :
– Avec une plaie ouverte,
tu passes de la nuit
au jour,
et du jour
à la nuit.
Telle une plaie ouverte,
l'ange se déplace
de l'épaule gauche
sur l'épaule droite.
Il se tait et pleure.

XXXE ÉVANGILE

(Celui du diable)

C'est alors qu'Il a dit :
– Parfois tu oublies le diable
comme tu oublierais
un parapluie cassé
le soir, dans le dernier métro
en route vers la maison.
Parfois tu oublies le diable
comme ils t'oublient
le lendemain
après le décompte des votes.
Parfois tu oublies le diable,
et alors tu ris,
mais lui, le diable, pleure.

XXXIE ÉVANGILE

(Celui de la rue Lispcani)

*Tu as le droit de garder le silence
tout ce que tu déclares peut être utilisé
en ta faveur ou à ton encontre
à un moment donné.
(L'Auteur)*

C'est alors que je leur ai dit :
– Nous buvions du vin et déchiquetions
avec nos dents la non-poésie.
La poésie nous était tombée
dans les bras,
elle nous était très chère
et nous la voyions
beaucoup trop belle.
Le même jour,
à l'adresse figurant sur l'affiche,
Rue Lipscani
mais à Craiova,
il y avait un tailleur,
qui n'organisait pas,
et n'hébergeait pas
le moindre lancement de livre.

XXXIIE ÉVANGILE

(Celui des pères)

C'est alors que je leur ai dit :
– La patrie débordait de pères !
Père Nicolas, Père Noël,
les aïeuls pour leur fête d'été, pour leur fête de printemps,
pour leur fête d'automne, pour leur fête d'hiver,
on se souvenait même parfois
du Père Gelé remplaçant communiste du Père Noël.
On contractait la maladie de la vie
avec chaque mort qui nous passait
sous les yeux.
On contractait la maladie de la mort
avec chaque jour qui pointait du nez.
On contractait la maladie de l'amitié
avec chaque nouvelle trahison.
Et c'est alors que là-haut quelqu'un a dit :
– Au diable, comment ne pas ressembler
à Jésus ?

XXXIIIE ÉVANGILE

(Celui de la sonnerie)

Alors Il m'a dit :
– C'est quand rien et personne ne t'attend
et que tu n'attends personne
qu'advient l'ineffable.
Quelqu'un sonnait en insistant
à la sonnerie de ton âme.

XXXIVE ÉVANGILE

(Celui de la vie et de la mort)

C'est alors que je leur ai dit :
– Nous coupons la vie avec de la mort
et la mort avec de la vie.
Avec joie, avec dépit,
avec tristesse et bonheur
nous parcourons toutes les saisons
encore et encore.
Avec la promesse d'être meilleurs
et différents,
nous accueillons toutes les fêtes
et nous sommes même tels que nous nous promettons
de l'être pendant leur durée.
Jour après jour,
mois après mois,
saison après saison,
nous trempons la vie dans la mort
et la mort dans la vie
comme le pain
dans une sauce fumante.

XXXVᴱ ÉVANGILE

(Celui de la recette)

C'est alors que je leur ai dit :
– Prendre quelques centaines
de grammes de vodka,
si elle est pas assez forte
on peut remplacer par de l'eau-de-vie roumaine
ou selon le goût,
de la bière ou du vin.
Siroter lentement le café
et allumer une cigarette.
Pour les non-fumeurs,
allumer la cigarette mentalement !
Ensuite, invoquer doucement le poème
pour ne pas l'effrayer !
À la fin,
pour que le poème soit bon,
ajouter de l'âme en grande quantité.

XXXVIᴱ ÉVANGILE

(Celui du lieu-dit)

C'est alors que je leur ai dit :
– Ici nous nous disons des secrets en silence,
ici, la fonderie* n'a pas été abolie !
La fonderie est partout :
sur les chantiers de la patrie,
où l'on érige des quartiers résidentiels,
sur les autoroutes de la patrie en voie de construction,
mais qui ne se finalisent jamais,
dans les écoles, institutions,
et à chaque poste de travail.
Ici la révolution est venue et elle est repartie !
Ici nous votons, mais n'élisons pas !
Ici, tu es sans être !
Ici nous nous disons des secrets
en silence ou à voix basse !

* polysémie roumaine du mot *turnătoria* qui signifie également la dénonciation calomnieuse

XXXVIIE ÉVANGILE

(Celui du rêve)

– Lève-toi, prends ton rêve et marche !
C'est tout ce qu'Il a encore eu le temps
de me dire.
Depuis d'autres endroits,
des dizaines, des centaines, des milliers, des millions d'autres voix
lui demandaient de l'aide.
Il est parti aussitôt
comme un souffle léger, comme un fantôme
et on entendait seulement l'écho :
– Lève-toi,
prends ton rêve et marche !

XXXVIIIE ÉVANGILE

(Celui des fêtes)

C'est alors que je leur ai dit :
– Nous célébrions tous quelque chose :
une naissance, une vie, une mort.
Au salon de thé de Dieu,
tous les gens venaient affamés
et mangeaient moyennant monnaie sonnante et
trébuchante.
Il en allait de même dans les boucheries,
magasins de charcuterie, restaurants
et autres *start-ups*
ouverts en SON nom.
Nous, eux, vous, tous,
jamais encore crucifiés
célébrions ensemble
quelque chose : une naissance, une vie,
une mort, une éternité.

XXXIXE ÉVANGILE

(Celui de la mort en chaussures à talons aiguille)

au poète George Mihalcea

C'est alors que j'ai dit :
– Elle, la mort, a attendu que nous entrions
dans une nouvelle année, pour avoir le temps
de faire des vœux
avec joie, paix et sérénité.
Ensuite, doucement, avançant sur ses talons aiguilles
et avec un sourire perfide
elle est venue
pour tous nous attrister !

XLE ÉVANGILE

(Celui du rêve et de la mort)

C'est alors que je lui ai dit :
– Tu étais le rêve qui passe
et la mort qui arrive.
Tous deux nous battions un peu
la campagne,
à l'instar des tracteurs
dans les champs
en friche, défrichés
de la patrie.
Nous jouions à pile ou face, aux dés,
bingo, loto ou Keno
avec la vie, avec la mort.
Tu étais le rêve qui arrive
et la mort qui passe.

XLIE ÉVANGILE

(Celui des flashs)

C'est alors que je lui ai dit :
– Tu rongeras des mensonges
tout comme rongent
les enfants sans surveillance leurs ongles,
ou comme rongent aussi leurs ongles
les adultes névrotiques
en crissant des dents :
– *Fuck the system!*
Nous voulons un pays bien fait
au printemps ou en été !
Viendront d'abord sept nains
et ils te diront
que tu es belle.
Tu les croiras tous
et tu espéreras
qu'ils sont des adultes.
Viendront autres sept nains
et encore autres sept nains
et tu croiras pareillement.
Tu cesseras de rêver !
Tes rêves majestueux,
longs et infinis
se transformeront
en flashs imperceptibles,
lors d'une saison quelconque.

XLIIE ÉVANGILE

(Celui du chien Whisky)

C'est alors que je leur ai dit :
– Le jour s'était levé,
le silence était tombé
sur toutes mes morts
antérieures, présentes et futures.
C'était l'époque blonde, brune
châtain ou rousse, des
femmes belles.
Le chien Whisky lui-même
se réjouissait sincèrement de les voir
en remuant sa queue :
– Wouaf, wouaf !

XLIIIE ÉVANGILE

(Celui des arrêts)

C'est alors qu'Il a dit :
– Il te reste encore deux arrêts environ
et en chemin quelqu'un
te vendra.
Pendant ce temps,
quelqu'un t'appréciera
sur *Facebook*,
ou bien t'écrira un message
sur *Whatsapp*,
ou bien te suivra
sur *Insta*.
Il te reste encore quelques arrêts
et quelqu'un te vendra.
En fait,
il ne fera que t'aimer
à sa façon, bien personnelle.

XLIVE ÉVANGILE

(Celui des périodes de vaches maigres)

C'est alors que je leur ai dit :
– C'étaient des périodes de vaches maigres
Nous étions tous tombés malades :
une souffrance chronique
nommée mort.
Ils nous disaient de rester
loin les uns des autres,
s'agissant d'une maladie contagieuse !
Nous vivions tous
un esseulement collectif
par distanciation,
exactement comme quand
nous étions très proches,
mais que chacun songeait
à ses propres affaires !
Dieu habitait un nuage,
nous observait gaîment
en lisant son journal.
Ensuite, sur une carte toujours déployée
par quatre saints,
il lançait le dé.

XLVE ÉVANGILE

(Celui d'une mort)

C'est alors que je lui ai dit :
– Mon Dieu, quel mort trouble
et tant de contemporains terrorisés !
Il n'y a presque plus personne
pour casser une vitre,
pour écouter quelques accords de guitare,
pour savourer un café,
pour fumer une cigarette,
ou pour insulter un *politruc* !
Dans les haut-parleurs mondiaux
une voix chaleureuse, suave,
toujours la même, nous exhorte :
– Couvrez-vous le nez, la bouche et les yeux,
couvrez votre rêve,
âme et cœur
et vous serez heureux !
Jusqu'à nouvel ordre !

XLVIᴱ ÉVANGILE

(Celui de la mort finale)

C'est alors que j'ai dit :
– Quelques jours après
ma mort finale
elle pleurera peut-être,
même si je ne souhaite pas qu'elle le fasse.
L'armée sera retirée dans la caserne,
les déclarations de bonne conduite
et libre passage rempliront
les dépotoirs mondiaux.
Le ficus parlera
et se croira vainqueur.
Les pots-de-vin passeront leur chemin,
il y aura le printemps, l'été,
l'automne, ou l'hiver.
Mais dans les âmes de tous,
le soleil réapparaîtra.
Pour un certain temps.

XLVIIᴱ ÉVANGILE

(Celui de l'ange gardien)

C'est alors qu'Il a dit :
– Elle ignore qu'elle habite
un grand amour !
Elle écrit sur un bout de papier
ton nom et l'adresse.
Ensuite
elle appelle l'ange
et lui montre ce qu'elle a écrit.
Puis, lui murmure,
doucement, doucement :
– Va le voir, s'il te plaît, va !
Elle sait qu'elle habite
un grand amour !
Elle minaude seulement
en lui disant, en se disant
qu'elle l'ignore.

XLVIIIE ÉVANGILE

(Celui de l'ordonnance)

C'est alors qu'Il a dit :
– Un jour, à la nuit tombée,
à une heure de grande audience
ils reviendront, eux,
les trois mages de l'Orient
accompagnés par l'interprète
de gestes et ils diront :
– Ordonnance militaire numéro 9.
ARTICLE UNIQUE :
Soyez heureux !
Nous vous avons vaincus !

XLIXE ÉVANGILE

(Celui de l'asperge)

C'est alors que je lui ai dit :
– Mon Dieu, ils ne nous vendront pas !
Ils nous ont déjà vendus
tant de fois
eux et d'autres de leur espèce.
Ces jours-ci
ils nous tueront.
Chacun à l'endroit où
il se trouve.
En quarantaine, en isolement,
dans la rue, avec la déclaration
de déplacement dans la main.
Chacun d'entre nous sera main
dans la main avec sa mort,
plus ou moins grande !
Quelques jours plus tard,
approximativement trois,
à l'aide de quelques mages
venus de l'Orient
ils nous ressusciteront,
en nous faisant passer des asperges
sous le nez.
Puis, ils nous diront :
– Vous les Jésus, vous avez ressuscité !
Ne voyez-vous pas, les gars,
que nous vous avons sauvés ?

L^E ÉVANGILE

(Celui du mardi)

C'est alors que j'ai dit :
– Aujourd'hui on est mardi !
Tout aussi bien
on pourrait être : lundi, mercredi,
jeudi, vendredi, samedi
et pourquoi pas dimanche.
Jour quand
même Dieu
s'est reposé.
On est mardi,
arrive la mort
et te dit :
– Reste encore !

LIE ÉVANGILE

(Celui du pharaon)

C'est alors que je leur ai dit :
– Ils aimaient leur pharaon
à l'instar de l'amour que porte
le producteur de meubles
à ses meubles,
à l'instar de l'amour
du poète pour son rêve (son vice),
à l'instar de l'amour
des salariés pour leur rémunération.
Pour cette raison, quand le pharaon
leur a annoncé qu'il y avait
dans l'air quelque chose comme l'air
dénommé virus,
et leur a dit :
– Restez dans vos maisons !
Ils ont répondu :
– Gloire à toi, notre pharaon !
Nous restons dans nos maisons.
Dans les six à la fois ?

LIIE ÉVANGILE

(Celui du masque)

C'est alors que je leur ai dit :
– On prend le masque et on le met
sur la bouche !
Les boucles du masque s'accrochent
aux oreilles.
Ensuite heureux ou malheureux
mais un tantinet plus en sécurité
on sort dans la rue.
Si tu croises
une connaissance,
et que tu tentes de lui parler
tu aboies presque.
Les chiens croisés sur la route
t'admirent :
– On dirait un rottweiler !

LIIIE ÉVANGILE

(Celui de la pandémie)

C'est alors que je leur ai dit :
– À cette époque-là il y avait une pandémie
qui laissait croire
qu'elle voulait s'enfuir,
qu'elle voulait nous échapper.
Les *politrucs* se donnaient
l'un l'autre des baisers à leurs bagues respectives
lors des bringues
arrosées de whisky raffiné,
pendant leurs heures de bureau.
Nous avions obtenu d'eux la permission
de boire une bière, un jus de fruits,
un café, aux terrasses ou dans les cafés.
Mais seulement avec nos papiers d'identité,
pour qu'ils s'assurent
que nous avions au moins 18 ans révolus
et nous avons vécu l'une au moins des illusions
livrées sous forme de
programme pour le pays,
et nous avons été à la hauteur
pour les suivantes...
et à d'autres encore...
illusions.

LIVE ÉVANGILE

(Celui des époques)

C'est alors qu'Il a dit :
– À cette époque-là,
le loup était le berger des moutons,
tandis que Judas avait été nommé
par certains grand chef au-dessus de tous
ces gens.
Chacun avait
six maisons.
Certains sur terre,
d'autres dans la tête.
Mais surtout,
ils portaient tous des masques.
Des masques visibles
et des masques invisibles.
L'ange tant attendu
tardait à venir.

LVE ÉVANGILE

(Celui de la paix)

C'est alors qu'Il a dit :
– Il y a tant de monde autour,
mais il manque les humains !
La paix viendra
un mercredi, un jeudi
ou peut-être un dimanche.
Dieu,
vous le trouverez un beau jour,
ou par une belle nuit
ou dans un murmure.

LVIᴱ ÉVANGILE

(Celui du bonheur)

C'est alors qu'Il a dit :
– Vous êtes nés quand
le monde n'avait de cesse de
mourir.
Malgré tout
vous sembliez heureux
et vous vous souriez
les uns aux autres.
Même en signant
une adhésion
à un parti politique
ou bien un compte-rendu
pour la sainte église de la *Securitate*
sur le comportement
d'un voisin.
Un beau jour vous avez appris pour le
miracle :
– Une poule avait donné naissance à des
poussins vivants !
C'est alors que vous avez nommé
maître le colporteur !
Puis vous avez poursuivi votre chemin
vers la mort.

LVIIE ÉVANGILE

(Celui des bretzels au sésame)

C'est alors qu'Il m'a dit ;
– Tu habites ici où mon père,
ton père, Dieu,
mange frugalement.
Deux bretzels au sésame,
peut-être trois.
Il songe à moi,
à toi,
puis se met à pleurer !

LVIIIE ÉVANGILE

(Celui de l'aéroport de Kaboul)

C'est alors qu'Il a dit :
– C'était l'été qui devenait l'automne
et Dieu
était de plus en plus seul.
Elle, la pluie nous faisait croire
qu'elle allait venir.
En quelque sorte.
Du côté des Russes ?
Les Américains ?
Ils étaient terriblement occupés,
accroupis.
À l'aéroport de Kaboul.

LIXE ÉVANGILE

(Celui de la frontière)

C'est alors qu'Il a dit :
– Maintenant, ici, tous,
vous n'êtes ni au plus bas,
ni au plus haut.
Vous êtes au point de frontière
où on prend et où on donne des pots-de-vin.
Pile à l'endroit où
la vie passe
et la mort pointe du nez
telle un fantôme.
À travers la petite lumière
du bout du tunnel.

LXE ÉVANGILE

(Celui du dimanche)

C'est alors qu'Il m'a dit :
– Aujourd'hui on est dimanche !
Tu invoques l'amour
statique, à cloche-pied
comme une cigogne
qui a fait encore une livraison.
Elle a apporté au monde
un enfant.
Elle, la cigogne est dans un certain état.
Comme si elle travaillait chez *Glovo*
ou *Uber Eats*
ou peut-être *Fan Courier.*
C'est dimanche.
Tu invoques l'amour
statique, à cloche-pied
comme tu invoquerais Dieu
pour lui dire quelques mots à voix basse.

LXIE ÉVANGILE

(Celui de son rêve à elle)

C'est alors qu'Il a dit :
– Je vais te raconter
un court poème sur elle.
Un beau jour elle a atteint
le rêve d'une certaine façon,
mais par crainte
de ne pas le réveiller,
elle est partie.

LXIIE ÉVANGILE

(Celui de la souffrance)

C'est alors qu'Il a dit :
– De nos jours on ne peut même plus
souffrir !
Les illusions revêtent différentes formes
et arômes.
À l'instar des bonbons,
à l'instar des préservatifs *Durex.*
De nos jours on ne peut même plus
souffrir !
Une voix te murmure,
te crie :
– Lève-toi, prends ton masque
et marche !

LXIIIE ÉVANGILE

(Celui du virus et du jeu)

C'est alors qu'Il a dit :
– Après avoir remercié
ceux qui ne portaient pas de masque,
le virus est sorti dans la rue,
pour se faire
d'autres et d'autres encore amis
d'autres et d'autres encore amies.
Futurs partenaires masculins
futurs partenaires féminins,
pour le plus simple
et le plus banal des jeux :
le jeu de la vie,
le jeu de la mort.

LXIVE ÉVANGILE

(Celui du rêve blessé)

– Ne tue pas mon âme !
m'a-t-elle dit alors.
Tu es venu dimanche
et tu es reparti mardi,
a-t-elle ajouté.
Depuis lors, mon âme
est blessée et claudicante.
Chaque jour, heure, minute
seconde et instant qui passe,
et il n'y a pas de médecins
pour la guérir.
Trop occupés
avec d'autres et d'autres encore
âmes blessées.

LXVE ÉVANGILE

(Celui du jour précédent)

C'est lors qu'Il a dit :
– Hier est déjà devenu aujourd'hui.
Comme le ciel dégagé
sont la vie et la mort !
Respirer, inspirer, expirer
l'air de ce monde,
délimité par une éternité
en deux :
ceux qui comptent les rêves
et ceux qui ne comptent rien.

LXVIᴱ ÉVANGILE

(Celui de la nuit)

C'est alors qu'Il a dit :
– La mort parle
à voix haute.
La vie, elle parle à voix très basse.
Tu te demandes et tu demandes :
« que fais-tu, que font-ils,
qu'y a-t-il à faire ? »
Puis tu te tais.
Cette nuit-là
il n'y a rien à faire.
C'est déjà le jour.

LXVIIᴱ ÉVANGILE

(Celui du chien de la terre)

C'est alors qu'Il a dit :
– On est aujourd'hui !
Tu promènes le chien de la terre
en long et en large
de cette mort qui passe.
On est aujourd'hui
et demain, ce sera
un jour nouveau.

LXVIIIE ÉVANGILE

(Celui des diplômes pour les anges)

C'est alors que je leur ai dit :
– Allez, on va verser vers le haut : le café, l'eau
le jus de fruits, la bière, le vin,
la vodka et le cognac.
Car LUI aussi a soif !
Aujourd'hui, continuons
à compter les rêves,
en pensée, à voix basse
et à voix haute.
Aujourd'hui, croyons
jusqu'au bout
qu'au grand bureau
on délivre encore
des diplômes pour les anges.

LXIXE ÉVANGILE

(Celui des élections)

C'est alors que je leur ai dit :
– Ici j'ai bu et j'ai pleuré !
Quelque part en haut,
Dieu ne se réjouissait pas,
ne s'attristait pas non plus.
Ici nous boirons à nouveau,
et nous pleurerons.
Arrive à nouveau, à grands pas
un scrutin électoral.

LXXE ÉVANGILE

(Celui de l'horoscope)

C'est alors qu'Il a dit :
– Elle ne part pas,
et elle ne vient pas non plus !
Elle saute d'un pied
sur l'autre
au bord du précipice
et elle lit
syllabe après syllabe à voix basse
l'horoscope.

LXXIE ÉVANGILE

(Celui du politicien)

C'est alors qu'il a dit :
– On est lundi, mardi ou mercredi
ou bien un autre jour.
C'est alors qu'elle arrive, la mort
toute de miel et lait faite,
en politicien déguisée
et se met à crier :
– Vote avec moi !
Et tout ira bien !

LXXIIE ÉVANGILE

(Celui du dessin)

C'est alors qu'Il m'a dit :
– De même que tu dessines
avec la craie sur le tableau noir,
avec le crayon sur la feuille de papier,
avec le pinceau sur le chevalet,
de même, un jour,
une nuit,
dans un murmure,
tu dessineras
avec l'âme par-dessus l'âme.

LXXIIIE ÉVANGILE

(Celui de la vie et de la mort)

C'est alors qu'Il a dit :
– Bonjour !
Un jour nouveau commence,
une vie nouvelle suivra,
une autre mort.
Photocopiées.

LXXIVE ÉVANGILE

(Celui des silences)

C'est alors qu'Il m'a dit :
– Tu déménages d'un silence
à l'autre.
À l'instar du soldat,
à l'instar du poète,
à l'instar du grillon
ou peut-être de la fourmi.
Sur la terre
comme au ciel.

LXXVE ÉVANGILE

(Celui du chien)

C'est alors qu'Il m'a dit :
– Tu croyais rester vivant
jusqu'au bout.
Mais… elle, la mort,
te faisait déjà des signes,
tant de signes…
Alors le chien a aboyé
trois fois
et tu as compris :
d'une certaine façon, à un certain moment,
ils te vendront.

LXXVIE ÉVANGILE

(Celui du sourire)

C'est alors que je lui ai dit :
– Tu ne fais ni venir
ni partir !
Tu ne fais que rester,
sur un coin d'automne,
à me sourire.

LXXVIIE ÉVANGILE

(Celui de l'aile d'ange)

C'est alors qu'Il a dit :
– Tu habites une aile
d'ange.
L'ange te sourit heureux,
puis se met à compter
jusqu'à plus infini.

LXXVIIIE ÉVANGILE

(Celui du champ au Pays-Bas)

C'est alors qu'Il a dit :
– Notre vie, celle
de tous les jours,
de toutes les nuits,
de toutes les vies
et de toutes les morts
a parfois des senteurs de silence,
d'autres fois de terreur.
Souvent de poudre à fusil
et parfois
de fleurs fraîchement cueillies
dans un champ au Pays-Bas.

LXXIXE ÉVANGILE

(Celui de l'endroit pour les anges)

C'est alors que j'ai dit :
– Ici et maintenant il n'y a pas de place
pour les anges !
Silencieuse, elle compte dans sa tête
les voitures : une, deux,
trois, quatre, cinq,
six, sept.
Il ne lui reste qu'un seul rêve :
qu'on soit demain !

LXXXE ÉVANGILE

(Celui de la vie et de la poésie)

C'est alors qu'Il a dit :
– Elle s'y connaît
le mieux
en vie, en poésie,
et en mort.
C'est pourquoi, quand arrive le rêve,
elle le serre fort dans ses bras,
puis, lui susurre tendrement :
– Reste !

LXXXIE ÉVANGILE

(Celui de l'avenir)

Alors Il a dit :
– L'avenir arrive
timidement
comme une sainte-nitouche.
L'avenir arrive
il met son masque
et accourt.
L'avenir arrive !
Il met son masque
et pleure.

LXXXIIE ÉVANGILE

(Celui de la mort à la frontière)

C'est alors que je lui ai dit :
– Ne dérange pas ma mort !
Maintenant elle se trouve dans un autocar
au point frontière pour entrer
dans le pays,
à Nădlac.
Curieuse… elle observe
le ciel à travers la vitre tandis
que les douaniers contrôlent
scrupuleusement
pour tous, les documents
de voyage.
Non, ne dérange pas ma mort !
Elle est si proche.
Nous lutterons
à la vie et à la mort.

LXXXIIIE ÉVANGILE

(Celui de ma mort)

C'est alors qu'Il a dit :
– Ceci est ta mort !
Si tu as le courage
regarde-la droit dans les yeux !
Sinon, observe-la de profil
ou bien de très loin.
Puis il a continué en me disant :
– Je sais que tu ne crois pas en l'existence de la mort !
Ou bien tu espères que ce n'est que quelque chose
qui n'arrive qu'aux autres
quelque part, à un certain moment.
Pourtant,
c'est bien ta mort.
Parfois elle est pour toi un peu trop large,
d'autres fois, un peu trop étroite,
mais la plupart du temps
elle te va
comme un gant.
Cela fait longtemps que tu habites ta mort !
C'est un cadeau offert par Dieu
à ta naissance.

LXXXIVe ÉVANGILE

(Celui du cœur)

C'est alors que je leur ai dit :
– En général elle habite
la rive gauche
de mon cœur,
de mon amê !
J'ai écrit sur la mort
tant de fois
et de tant de manières
en tant que façon de vivre
de mon vivant
ma propre *posthumité*.
Elle, en lisant,
s'en amusait parfois,
se rebiffait d'autres fois.
À chaque fois qu'elle est à proximité,
la mort pleure
et s'enfuit.

LXXXVᴱ ÉVANGILE

(Celui de l'ange)

C'est alors que je lui ai dit :
– Quand tout s'effondre
ou semble s'effondrer,
quelque chose advient,
quelque chose est déjà advenu.
Cette nuit j'ai bien dormi,
cette nuit je n'ai pas fait des cauchemars,
cette nuit je n'ai tué aucun ange.

LXXXVIE ÉVANGILE

(Celui d'autres Pâques)

à l'AcadémicienAlexandru Boboc

C'est alors que je leur ai dit :
– La mort vient et crie
l'Académicien Alexandru Boboc
est parti !
C'est une autre sorte de fête de Pâques
plus triste et en pleine pandémie de covid.
Tu attends l'arrivée de la police
pour te livrer la lumière sainte,
tout comme les tiens
jadis attendaient
que la milice, la *Securitate*,
vienne pour les emmener quelque part.
C'est une autre sorte de fête de Pâques,
tu caresses le chien,
il a peut-être soif.
Puis tu songes à Jésus.

LXXXVIIE ÉVANGILE

(Celui du nom de code)

C'est alors que je lui ai dit :
– Mon Dieu, parfois tu es joyeux,
d'autres fois triste !
Tandis que moi… je me sens souvent
presque vivant.
Quand l'agent de sécurité de chez *Lidl*,
avec son nom de code « Toubib »,
a pointé son pistolet
sur ma tempe,
je me suis dit :
– Ça y est,
je suis appelé pour une histoire
plus longue !
Mais en lieu et place de Ton adresse, Mon Dieu,
apparaissaient et disparaissaient
des chiffres : 33,6.

LXXXVIIIE ÉVANGILE

(Celui de la marche sur les eaux)

C'est alors que je lui ai dit :
– TU ne marches plus sur les eaux.
La neige n'est pas tombée,
les pluies s'absentent sans raison
et ne te mouillent plus
de face, de dos,
de gauche, de droite,
et encore moins d'en haut.
Péniblement, tu traînes tes pieds
dans la boue qui grandit.
Ils ne s'en étonnent plus,
ne te saluent plus
en t'ovationnant,
car ils ne te voient plus
marcher sur l'eau
même si TU marches encore
sur les eaux.

LXXXIXE ÉVANGILE

(Celui de la poésie)

C'est alors que je leur ai dit :
– Parfois, rarement
ou souvent
la poésie se dévêt
se rhabille,
se dévêt,
se rhabille
prend son café,
sa bière, son vin
et la dernière gorgée
de whisky ou de vodka.
Elle s'en grille encore une
puis sort par la porte
pour rencontrer
ses lecteurs.

XC^E ÉVANGILE

(Celui de la patrie)

C'est alors que je leur ai dit :
– Sur la patrie ne parlaient,
ne parlent qu'eux !
Eux, les types bien de la *Securitate,*
leurs fils et leurs petits-fils.
Nous, les autres,
nous l'aimions, nous l'aimons
en catimini,
comme une dame prise,
comme une femme mariée
qui porte ostentatoirement
son alliance au doigt.

XCI^E ÉVANGILE

(Celui des amis)

Un jour Il m'a écrit et expédié
un courrier si plein de sous-entendus
que j'ai cru qu'il était écrit
par lui-même, l'État Parallèle.
Je le reprends ci-dessous :
« De la même manière que tous les binoclards
ne ressemblent pas à Victor Ponta
et tous les moustachus à Liviu Dragnea,
bien entendu, tous ceux qui sont opérés du genou
ou, enfin du *jenu,* ne ressemblent pas
à Liviu Pop.
Mais toutes les femmes avec une belle âme
ne ressemblent non plus toutes à Elle ! »
Et surtout m'a-t-Il écrit
finalement :
« – Cher poète,
les amis
ne ressemblent pas tous à Dieu ! »

XCII^E ÉVANGILE

(Celui de la roulette russe)

C'est alors que je leur ai dit :
– Dans ce revolver,
il n'y a pas des balles,
mais des femmes mariées !
Blondes, brunes, châtains
de près, de loin,
grandes ou plus petites.
C'est pourquoi, maintenant,
quand je mets le revolver près de ma tempe,
je vous demande et je me demande :
– Laquelle d'entre elles va m'occire
à la place de la balle ?

XCIII^E ÉVANGILE

(Celui de l'ami)

C'est alors qu'Il a dit :
– Une mort,
deux morts,
trois morts !
Ne prenez pas à la légère
le nom de l'ami.
C'est lui qui vous vendra en premier,
avant même le premier
chant du coq.
C'est lui qui vous vendra avec l'art et la manière,
le sourire aux lèvres,
la main sur le cœur,
et en embrassant le drapeau,
comme n'importe quel mercenaire
qui se respecte,
qui se mérite.
Une mort,
deux morts,
trois morts.
Au repos !

XCIV^E ÉVANGILE

(Celui de l'apparition)

C'est alors que je leur ai dit :
– Elle avait une fragrance de rêve.
Moi j'avais une odeur
de plus en plus prégnante
de mort.
Ou, peut-être, d'éternité.
Mon rêve ultime
n'était pas encore né,
ma mort ultime
n'avait pas fait encore son apparition.
Elle n'était
qu'à une apparition distante de moi.

XCV^E ÉVANGILE

(Celui de l'arrêt « Par la grâce de Dieu »)

C'est alors que je lui ai dit :
– Je t'attends,
tu m'attends
à l'arrêt « Par la grâce de Dieu » !
Nous attendrons ici le tram
mené par un conducteur
nommé Dieu.
Mais voici qu'il
ne vient plus jamais !
Pourtant il est venu
tant et tant
de fois !
Mais nous, jamais
nous ne l'avons vu,
entendu, ou senti.

XCVI^E ÉVANGILE

(Celui des douze morts)

C'est alors qu'Il a dit :
– Parfois, souvent,
tu ne marches plus sur les eaux !
C'est comme une sécheresse
terrible.
C'est alors que tu coupes la mort
en douze parts égales
et tu la distribues.
Aux affamés,
et aux rassasiés,
à ceux ayant du caractère,
et à ceux dépourvus de tout caractère,
aux autres hommes et femmes.
Parfois, souvent,
l'identification est une parole
et un état.
C'est tout !

XCVII^E ÉVANGILE

(Celui de toutes les morts)

C'est alors que je leur ai dit :
– L'histoire se poursuit !
À l'instar de la mort,
à l'instar de toutes
ces morts
qui me sourient…
à peine perceptiblement,
et me saluent,
dans toutes les langues
du silence.

XCVIII^E ÉVANGILE

(Celui du lièvre)

C'est alors que je lui ai dit :
– Souvent tu me manques,
je te manque,
à chaque fois
que nous nous observons
dans un autre miroir,
dans un autre endroit.
Toutes ces venues
et ces départs
et l'orgueil.
Si seulement chacun pouvait avoir raison.
Souvent tu me manques,
je te manque,
à chaque fois
que nous nous observons
dans un autre endroit,
dans un autre miroir,
et que nous fredonnons ce refrain :
– Le poète est un lièvre
dans la ligne de mire de Dieu.

XCIX^E ÉVANGILE

(Celui du soleil)

C'est alors qu'Il a dit :
– Il fera froid !
C'est en vain que vous demanderez :
« mais le soleil, le soleil,
où est-il ? »
Avec une main vous caresserez
ma mort et ma non-mort.
Avec l'autre, vous tiendrez
un cierge allumé.
Et vous pleurerez.

C^E ÉVANGILE

(Celui du silence et de la réponse)

C'est alors que je leur ai dit :
– Heureux ceux qui
pleurent la mort
encore et encore.
Elle se tait à présent
et la réponse
est encore un silence.
Notre silence
de tous les jours,
lundi,
mardi,
mercredi,
jeudi,
vendredi,
samedi
et dimanche,
donne-le nous Dieu
et délivre-nous
du Mal,
Amen !

CI^E ÉVANGILE

(Celui du ciel et de la terre)

C'est alors que je Lui ai dit :
– Tu es déjà fatigué
Mon Dieu,
Tu n'as pas de rhumatismes
même si tes rêves te font tous
mal.
Quand tu as fait
le ciel et la terre,
les dés étaient déjà jetés.

LES ÉVANGILES SELON GABRIEL DINU

Le mot Évangile vient du grec ευαγγέλιον ou evangelion qui signifie « bonne nouvelle ».

Pour les chrétiens la bonne nouvelle est la présence de Dieu parmi les hommes par l'intermédiaire de Jésus.

Quel type d'évangile nous propose dans le cas présent Gabriel Dinu ?

Le titre du recueil lui-même C'est alors que je leur ai dit, dirige d'emblée l'attention sur le caractère autoréférentiel du texte, en exprimant une impression claire, subjective et profondément personnelle.

Le texte est direct, tranchant et vif, sa charge poétique s'accomplissant la plupart du temps à travers ce qui suit : expressivité laconique, métaphore directe, fruste, dépourvue d'ornements épithétiques inutiles ou de tous colifichets lyrico-expressifs.

Le poète s'adresse à nous de manière verticale, chaque Évangile adoptant un ton résolument sentencieux et sans détour, chaque Évangile ayant une charge émotionnelle intense et vibrante, une adresse perpendiculaire à la réalité qui fait d'ailleurs ressortir un réalisme objectif des textes, souvent pesant, mais animé par un but cathartique et la plupart du temps une intention de réparation éthique.

Chaque poème respire la nostalgie d'un ordre du monde détruit, mais vers lequel celui-ci tend inévitablement, la nostalgie d'un in illo tempore où tout se manifeste idéalement d'un point de vue moral, éthique ou axiologique. En effet, chacun des Évangiles, par sa structure expressive, dépourvue d'équivoque, renvoie en ligne directe au miroir grossissant de la réalité qu'il décrit, chacun des Évangiles représentant en soi l'image négative, comme pour les pellicules argentiques, du monde auquel le poète souhaite appartenir et pour lequel il souffre d'une nostalgie existentielle.

La bonne nouvelle nous est offerte précisément par l'absence de ce monde auquel aspire le poète, existence potentielle d'un monde sans les tares, l'immoralité, l'iniquité du monde transmis par les Évangiles empreints de révolte de Gabriel Dinu. La bonne nouvelle est celle qui sauve l'univers, elle est la projection lumineuse d'une réalité pesante, frustrante et sous le signe de nombreuses imperfections, une réalité étouffante comme une seconde peau qui serre et prive d'air.

La réussite du poète est d'autant plus grande qu'il parvient à transformer le poème entier en une unique métaphore, précisément grâce à l'absence de métaphore dans les vers, mais au moyen d'une construction telle que la poésie dans son intégralité est porteuse, avec

brio, d'une fulguration lyrique.
Comme le dit l'auteur :

Mon rêve ultime
n'était pas encore né,
ma mort ultime
n'avait pas fait encore son apparition.
Elle n'était
qu'à une apparition distante de moi.

Car :
– Le poète est un lièvre
dans la ligne de mire de Dieu.

Le sens de la poétique de ce recueil si bien ancré dans le quotidien et pourtant si bien dosé est justement celui-ci : la poésie peut sauver, mais uniquement si elle est assumée, si sa franchise ne s'arrête pas avant le manche du couteau, si elle est endossée jusqu'au sang.

Si la bonne nouvelle au sens chrétien du terme impose la présence de Jésus parmi les hommes en tant que modèle et miroir réfléchissant d'une morale jugée supérieure et sacrificielle au sens le plus christique, alors dans ce volume de poésies nous avons réellement des Évangiles au sens où sur l'architecture des poésies et à travers le message moral de celles-ci, sur l'intégralité du volume plane l'ombre éthique et morale d'un monde qui se veut meilleur par une attitude socialement courageuse endossée par le poète.

Grâce à Gabriel Dinu nous avons devant nous un recueil de vers frais, fort, fièrement revendiqué qui peut ouvrir à la lyrique roumaine un espace peut-être non encore exploré et d'autant plus fascinant.

Marius CONU